福爾摩斯

SHERLOCK HOLMES

洋娃娃綁架案

SHERLOCK HOLMES

大偵探福爾摩斯

實戰推理系列

SHERLOCK HOLMES

洋娃娃綁架案

實戰推理短篇 **洋娃娃綁架案**

實戰推理短篇 **鬼屋驚魂**

實戰推理短篇
洋娃娃綁架案

洋娃娃與小女孩

「猩仔果然又遲到了。」站在街燈下的夏洛克不耐煩地**自言自語**。

前一天，夏洛克跟猩仔約好了要在這裏碰頭，然後一起前往**牛津街**的雜貨批發商，替豬大媽打點一些貨物。然而，約定時間已經過了15分鐘，猩仔卻遲遲未見蹤影。

夏洛克百無聊賴地望向牛津街上那些尚未掛幌開門的店子，看着疏落的行人默默路過。

自從倫敦萬神殿建成以來，牛津街就逐漸成為了倫敦最繁華的商業街，大部分時間都是人潮湧湧、熙來攘往。惟獨在清晨時分，這裏才會有一絲平靜。

「你這麼早就到了？」猩仔氣喘吁吁地跑了過來。

「不是我早到，而是你

遲到了。你最少也應該道歉吧。」夏洛克抱怨道。

「呼哧……呼哧……我……我也不想啊！」猩仔故意用力地喘氣，「要不是我在路

上幫助婆婆拾蘋果，又為迷路的小朋友帶路，也不會遲到呀。」

「別謊話連篇，更不用假裝喘氣了。」夏洛克目光炯炯地盯着猩仔說，「街角有一間餐館，你剛在那兒吃過早餐，所以才遲到吧？」

「呀！你……你怎麼知道的？」猩仔大吃一驚。

「看你的嘴角沾着**茄汁**；衣袖又有**蛋漿**；手指頭上還有一些**鬆餅碎**，就知道啦。而且，早餐提供鬆餅的，附近就只有街角那間餐館啊。」

「哎喲！」猩仔慌忙舔走嘴角上的茄汁，「你這人實在**小心眼**，只看**細細瑣瑣**的事情，怎樣辦大事啊。」

「這不是小心眼，這叫**觀察入微**！桑代克先生常教我們要細心觀察，我只是**學以致用**罷了。」

「是嗎？那麼，你知道我剛喝了甚麼嗎？」

猩仔「呃」的一聲，向夏洛克嗝出一口濃濃的胃氣。

「哇呀！」夏洛克馬上往後倒跳了幾步，並掩鼻大叫，「好臭！你沒刷牙嗎？」

「怎會？不過……」猩仔用手指搔搔下巴，想了一下說，「好像是一個星期前刷過。」

「甚麼？一個星期前？」夏洛克氣結，「難怪這麼臭了，簡直就像從毛坑爬出來那樣啊！」

「真的那麼臭嗎？」猩仔用手掌捂住自己的嘴巴，用力地噴了兩下口氣嗅了嗅，「確實有

點氣味呢！不用怕，吃點香口的糖果就可蓋過了。」説着，他從口袋裏掏出幾顆糖果，津津有味地吃起來。

「走吧，要快點完成豬大媽囑咐的事啊。」夏洛克捏着鼻子説。

「喂！喂！喂！別忘了我才是團長，應該由我來發號施令。」猩仔説着，大手一揮，「出發！」

不一刻，兩人打打鬧鬧地來到一家茶葉店的門口。

「唔？」夏洛克發覺店外有一個抱着洋娃娃的小女孩慌慌張張的四處張望，像是在尋找甚麼似的。

「那個小女孩好像遇到甚麼麻煩呢。」夏洛克跟猩仔輕聲說。

「嘿！太好了！」猩仔眼前一亮，「反正悶得發慌，就讓我來**英雄救美**吧！」

說完，他一個箭步就衝到女孩面前，**昂首挺胸**地問道：「嗨！這位美女，看來你正在等待一位**俊秀的英雄**來相助呢！對不起，我來遲了。快說！究竟發生甚麼事了？」

女孩看着眼前的「**俊男**」呆了一下，才**淚眼汪汪**地說：「我……我的袋子不見了。」

「哎呀，你千萬別哭！你哭了，人家會以為我**欺負**你啊！乖乖，不要哭。」猩仔瞪大眼睛，**神經兮兮**地安慰道。

可是，他那個**嚇人的兇相**卻**弄巧反拙**，把女孩嚇得「**哇**」的一聲放聲大哭起來。

「別胡鬧了，把人家都弄哭啦。」夏洛克一手推開猩仔，安慰女孩道，「不用怕，他不是壞人，只是長得**有點又兇又醜**罷了，讓我替你找回袋子吧。」

「甚麼又兇又醜？我可是**班中的俊男**啊！

同學都是這樣說的。」猩仔說着，一手扶額，擺出一個俊男的站姿，又向小女孩拋了一個**眉眼**。

「哇哇哇——」看到猩仔那**奇醜無比**的表情，小女孩哭得更**慘烈**了。

「哎呀！你又弄哭人家了，快拿些**糖果**來請她吃吧。」

「怎……怎可以啊！」猩仔慌忙按着自己的口袋，「只剩下**4顆**，我打算留到晚上才吃的啊。」

「誰叫你弄哭人家，快拿來吧！」

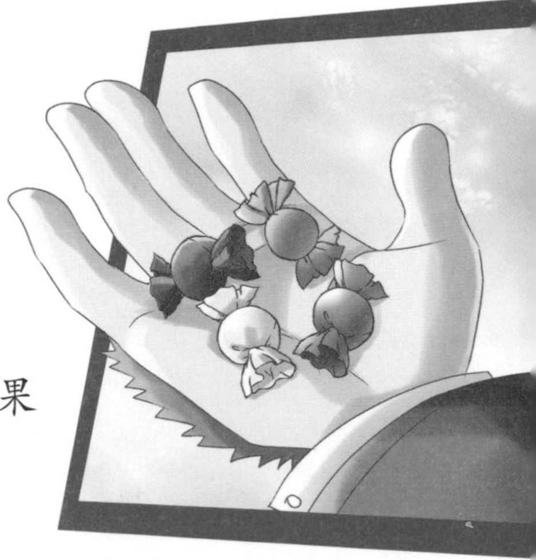

「嗚……太慘了，簡直是**慘絕人寰**啊。」猩仔**不情不願**地掏出4顆糖果說，「她只能挑一顆啊。」

「別哭，哥哥請你吃糖果。」夏洛克向女孩安慰道。

「**糖果……？**」小女孩停止了哭泣，擦了擦眼淚問，「有……有甚麼味道？」

「有4種味道！包括**蘋果**、**檸檬**、**草莓**和**橙味**，每款味道的包裝都不同，不過……」猩仔搔搔下巴，看了看手掌上的糖果，「哎喲！我忘了不同包裝裏面的是甚麼糖果呢！」

「哎呀，你這樣叫人家怎樣選呀？」夏洛克沒好氣地說。

「不！我記起來了！」猩仔猛然抬起頭來，

「橙色包裝是橙味糖果！」

「那麼其他呢？」夏洛克問。

「其他嗎？這個嘛……」猩仔瞇起眼睛看着糖果說，「我記得**藍色**包裝的不是**蘋果味**；**紅色**包裝的不是**檸檬味**；**黃色**包裝的不是**蘋果味**，也不是**檸檬味**。」

「哎呀，你的記憶實在太奇怪了。」夏洛克搖搖頭說，「算了，幸好已有足夠資訊用作**推理**。」

謎題①：有4款口味的糖果，分別是蘋果、檸檬、草莓和橙味。它們的包裝各有不同，你能根據猩仔給出的提示，分辨出不同包裝裏的糖果是甚麼味道嗎？

藍色包裝：不是蘋果味
紅色包裝：不是檸檬味
黃色包裝：不是蘋果味，也不是檸檬味
橙色包裝：橙味

「是嗎？那麼……」小女孩收起眼淚，**戰戰兢兢**地問，「我要吃草莓味的糖果，可以嗎？」

夏洛克想了想，就拿起**黃色包裝**的糖果遞給女孩：「這顆就是草莓味，拿去吃吧。」

「啊？你怎麼知道這顆是草莓味的？」猩仔驚訝地問。

「是從你的說話中推論出來呀，最重要的是，你記得橙色包裝是橙味。」

「是嗎？我說過甚麼呢？」猩仔又搔了搔下巴，仍然**一臉茫然**。

「對了，你剛才說在找**袋子**。是嗎？」夏洛克向小女孩問道。

用排除法就能知道各款糖果的味道。不明白的話，可以在第91頁找到答案。

「是……媽媽進去買**茶葉**，我放下袋子玩洋娃娃。袋子……就不見了。」

「**原來如此**……」夏洛克想了想，「那麼，我去告訴你媽媽。你在這裏等着，讓猩仔哥哥陪你玩吧。」

「甚麼？要我照顧她？太麻煩了，我才不要呢，萬一她又哭起來怎辦？」猩仔**一口拒絕**。

「你剛才不是說英雄救美嗎？怎麼忽然變成**英雄棄美**了？」

「這！」猩仔一時語塞，但馬上又擺出一副臭臉說，「哼！我才不要救**愛哭鼻子的女孩**呢！」

「甚麼哭鼻子，她已沒哭——」夏洛克說到

這裏，忽然察覺女孩已不在眼前。

「她剛才還在呀？跑到哪兒去了？」夏洛克慌忙回身張望。

原來，那小女孩已走到十多碼外的街燈旁，正俯身拿起一個袋子。

「呀！在這裏！我的袋子在這裏！」女孩興高采烈地舉起袋子，向他們叫道。

然而，就在這時，一輛篷車突然開至，一個頭戴黑帽、身穿黑衣的蒙面人從車上跳下，

一手抓起了小女孩。

「哇！」女孩不禁驚叫，夏洛克和猩仔還未回過神來，蒙面人已迅速抱着女孩跳上篷車。

「綁架！小女孩被綁架了！」夏洛克這時才懂得大叫。

「快追！」猩仔的身體比腦袋動得快。他像一頭蠻牛似的低頭就衝，轉眼間已衝到正在開動的篷車後面。

「哭鼻子不要怕！帥哥來救你了！我嗁！」猩仔大手一伸，眼看就要抓到車尾之際，篷車卻突然加速，捲起了馬路上的塵土砂石。

「哇呀！」飛砂撲面而至，把猩仔擊個正着。他腳下一滑，整個人摔得人仰馬翻。當

他咬着牙爬起來時，篷車早已經**絕塵而去**，消失在街角之中了。

「**可惡！**」猩仔不忿地大叫。

從後趕至的夏洛克拾起掉落在地上的袋子，冷靜地說：「不要緊，我已記下了**馬車的特徵**。快去找女孩的媽媽，並通知警方吧。」

虛假的證言

女童被綁架的消息很快就傳遍牛津街，一時之間，人們**議論紛紛**。

警方在得知消息後，馬上派員趕到現場。茶葉店前面**觀者如市**，有警探、有記者，也有好奇的路人。夏洛克和猩仔等了好一會兒，才有一個警探走過來查問他們。

「看到女童被拉上馬車的，就是你們兩個嗎？」

「是呀！當時我正想**英雄救美**，怎料卻殺出一輛篷車——」猩仔**誇誇其談**地說了兩句，卻**大吃一驚**，「啊！你？你不就是——」

「**啊！**」夏洛克也記起來了，眼前的警探，**好巧不巧**正是傻探雷斯那個粗野的上司。在「遊民標記*」一案中，猩仔兩人曾被這名警探**狠狠地教訓**過一頓，所以對他沒甚麼好感。

「真是沒禮貌的小屁孩！我叫**麥克探長**，不是甚麼你、你、你的！」

「雷斯呢？他不在嗎？」猩仔問。

「他正在調查另一個案子，有甚麼就跟我說吧。」麥克咬着**煙斗**說。

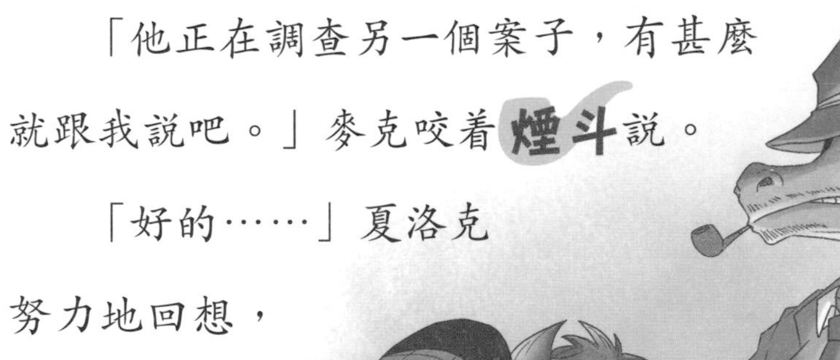

「好的……」夏洛克努力地回想，「我記得篷車的特

*「遊民標記」一案可參閱《大偵探福爾摩斯 實戰推理系列③ 赤色塗鴉》。

徵，它——」

「夠了！」麥克一口打斷夏洛克，「茶葉店的店員已經把它的特徵告訴我了。快回家吧，別在這裏**礙事**。」

「甚麼礙事？我們是**目擊證人**呀。」猩仔不滿地嚷道。

「目擊個屁！既然目擊，又為何**眼睜睜**地看着歹徒逃去？哼！你們這種小屁孩簡直是**成事不足，敗事有餘**呀！」

麥克刺中了夏洛克兩人的**痛處**，他們確是眼睜睜地讓歹徒逃去。

「我不應讓她獨自留在外面的……**嗚嗚**……」一個中年婦人一邊步出茶葉店，一邊悲痛地哭着。夏洛克知道，她一定是女孩的母親，她的哭聲像**棘刺**般戳痛了夏洛克的心，讓

他**又難過又悔恨**。

「滾吧！」在麥克的驅趕下，夏洛克兩人只好無奈地離去。然而，沒想到的是，**第二天的新聞**卻教他們**大吃一驚**。

翌日，夏洛克拿着報紙，**氣沖沖**地跑到猩仔在港務局附近的家。

「***猩仔！不得了！***」

「大驚小怪的，怎麼了？」猩仔問。

「報紙報道了昨天的綁架案，可是報上形容的篷車跟我們所看到的**完全不一樣**啊！」夏洛克指着報上的一則新聞說。

「甚麼？」

猩仔馬上把報紙搶過來看。

【本報訊】倫敦牛津街發生綁架案。昨日早上8時許，一名6歲女童在艾比絲茶葉店門外等候母親期間，被一名黑衣人擄上一輛篷車後失去了蹤影。被擄女童名叫安琪，綁束金色長髮，事發時身穿紫色裙子。據目擊人士說，綁匪全身穿着黑色衣物，乘坐一輛由黑馬拉動的白色帆布篷車逃走。蘇格蘭場現呼籲市民提供情報。

「咦？我記得那匹馬應該是**褐色**的，而且是**黑色帆布篷車**才對呀！」猩仔對報道**不敢置信**。

「沒錯！但報道卻**與事實完全不符**。不知是報道出錯，還是蘇格蘭場的情報出了問題。」

「那該怎麼辦？那個馬面探長**糊塗透頂**，

又完全不肯聽我們的證供。」

「去找雷斯吧！」夏洛克想起那位**年輕的傻探**。

「雷斯！找到你了！」夏洛克與猩仔在**蘇格蘭場**的門外守候了一個下午，終於逮到了他們口中的傻探。

「啊？夏洛克、猩仔，找我有甚麼事嗎？」雷斯有點**錯愕**。

「你知道昨天的**女童綁架案**嗎？報紙上的報道跟我們目擊的完全不一樣啊！」猩仔心急地說。

「是嗎？那是我的上司麥克負責的——」

雷斯說到這裏突然止住，並訝然問道：「甚麼？**目擊**？你們當時在現場嗎？」

「沒錯，我們剛好路過，親眼看着歹徒擄走女童。可是麥克探長卻不肯聽取我們的證詞。」夏洛克懊惱地說，「我們很**後悔**眼睜睜地看着女孩被擄走，所以無論如何都想出一分力把她救回來。」

「有這回事？」雷斯想了想，「可惜的是，我有**別的案件**要調查……」

「案件！」猩仔**眼前一亮**，**自告奮勇**地拍一拍自己胸膛說，「哇哈哈！我們來得正好呢！甚麼案件？

讓我們**拔刀相助**吧！」

「對，我們可以幫忙。」夏洛克也說。

「太好了！你們替我看看吧。」雷斯見識過兩人的實力，連忙掏出**查案用的筆記本**說，「我們局長懷疑線人之中潛伏着**內奸**，已經鎖定**10個可疑的線人**進行審問。但他們**不約而同**地說有人說謊，現在已弄不清誰是**內奸**，誰是**無辜者**了。」

「讓我看看……」

夏洛克接過雷斯的筆記本，看到上面寫着10個線人提供的資料。

謎題②：
以下哪些
線人說謊
了？

線人①：這些線人之中最少有1人說謊。
線人②：這些線人之中最少有2人說謊。
線人③：這些線人之中最少有3人說謊。
線人④：這些線人之中最少有4人說謊。
線人⑤：這些線人之中最少有5人說謊。
線人⑥：這些線人之中最少有6人說謊。
線人⑦：這些線人之中最少有7人說謊。
線人⑧：這些線人之中最少有8人說謊。
線人⑨：這些線人之中最少有9人說謊。
線人⑩：這些線人全部都在說謊。

「哎呀，**說謊、說謊、說謊！**怎麼每個人都說人家說謊啊？這不可能知道誰是內奸吧？」猩仔嚷道。

「對啊，所以我也不知誰說的是真話，誰說的是假話了。」

「憑這些證詞推理，**線人⑥至線人⑩**都在說謊吧。」夏洛克說。

「為何這樣說？」雷斯與猩仔同聲問道。

「首先，我們假設線人⑩說的是真話。也就是說，包括線人⑩在內，全部人都在說謊。對嗎？」

「且慢！這不是**自相矛盾**嗎？如果線人⑩說的是真話，不就是連他自己都在說謊了。」猩仔說。

「沒錯，所以可以肯定**線人⑩**是在說謊。與此同時，也可以肯定**線人①**的說話是真的。」夏洛克解釋道。

「原來如此！」雷斯**恍然大悟**。

「如此類推，就得知線人⑥至⑩都在說謊了。」

雷斯握着夏洛克雙手，感激地說：「**太好了！**我馬上向上司報告！然後，就與你們一起調查那宗綁架案！」

尋找各線人證詞的矛盾之處是重點。不明白的話，可以在第91頁找到答案。

可疑的店員

解決了內奸問題後，雷斯僱了一輛馬車，與夏洛克、猩仔一起來到牛津街的茶葉店。負責接待他們的是老店主**艾比絲太太**。

雷斯介紹過自己後，**單刀直入**地問道：「昨天有一女童被綁架，你知道此事吧？」

「知道呀。但我當時在店裏，加上年紀大**眼睛又不好**，甚麼也沒看到啊。」艾比絲太太托着**老花眼鏡**說，「不過，店員蘇珊好像剛好看到事發經過，你們昨天已問過她啊。」

「那麼，我們可以再與她談談嗎？」

「哎呀，真不巧。她今天沒上班喔。」

「是嗎？她住在哪裏？有她的地址嗎？」

「讓我找找看。」艾比絲太太打開**抽屜**翻了一下，「咦？**地址簿**呢？哎喲，不知道放到哪兒去了。人老了，事情總是記不牢。」

雷斯三人聽到老太太的**自言自語**，不禁有點失望。

「咦？這張是……？」老太太托了托眼鏡，**瞇瞇笑**地向雷斯說，「我有個員工喜歡玩猜謎遊戲，前幾天畫了**一張地圖**，要我猜她們5

個員工住在哪裏。」

「是嗎？讓我們看看。」雷斯大喜。

「好的，拿去看吧。」老太太遞上地圖。

夏洛克和猩仔連忙也探過頭去看，只見地圖雖然標注着西莫爾西地區，但卻只畫了**一條河**和**五所房子**。

「哇，這地圖也太簡單了吧？怎會知道她們住在哪裏啊！」猩仔失望地說。

「是嗎？對了，那個猜謎遊戲好像是有提示的。唔……是甚麼提示呢？」

老太太歪起頭來**思索**。

雷斯三人生怕打斷老太太的思緒，全都**不敢作聲**，只是靜靜地期待着。

「呀……記起來了，記起來了。提示是這樣說的……」老太太托一托眼鏡，慢悠悠地道出箇中細節。

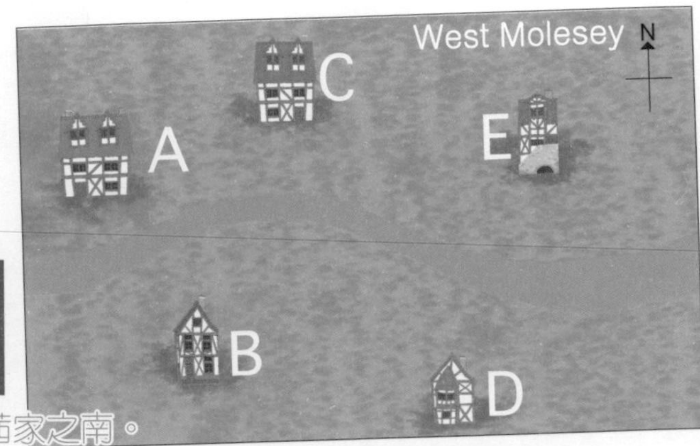

謎題③：蘇珊等5名員工，分別住在哪所房子？

① 蘇珊家在范特茜家之南。
② 最少有2個人住在珍妮家之西。
③ 霜兒家在瑪莉家之東，和河流之北。
④ 艾妮家在霜兒家之北，和蘇珊家之東。

「等等，誰住在誰的北方？我還未寫下來啊。」雷斯已掏出筆記本，努力地抄寫。

「不必寫了。」

夏洛克成竹在胸地說，「我已知道蘇珊住在哪兒了。」

試試先找霜兒的家在哪兒吧。找不到的話，可以到第91頁看答案。

「甚麼？這麼快就知道了？」雷斯嚇了一跳。

「她住在**房子B**。」

猩仔看了看地圖，說：「那兒應該不只一間房子吧，怎樣知道哪間才是房子B？」

「這個嘛，**不必擔心**。」老太太笑瞇瞇地說，「我跟你們一起去找找看吧。去到那兒附近，或許我就**認得到路**了。」

「雖然昨天蘇格蘭場迅速**封鎖交通**，截查了可疑的馬車，但蘇珊向警方提供了**虛假情**

報，疑犯恐怕早已逃離了**封鎖範圍**。」在前往蘇珊家的路上，雷斯**一臉認真**的對老太太說。

「為甚麼蘇珊要說謊呢？」夏洛克感到疑惑。

「哼！還用問嗎？她肯定是**同謀**！」猩仔一口咬定，「一定是想**擾亂蘇格蘭場的搜查**方向，好讓那個綁匪逃脫！」

「不可能！」老太太卻一口否定，「蘇珊已**懷胎數月**，根本沒**動機**去幫忙綁匪擄走小女孩啊。」

「呀！那不就是——」夏洛克停下腳步，指着前方一所與地圖上**外形相若**的房子說，

「那應該就是蘇珊的房子吧？」

「啊……」老太太瞇起眼睛看了看，點點頭說，「是的，那就是了。」

就在此時，一個**大腹便便**的女人拿着一盆衣物從房子走出來。當她看到老太太後，**不禁呆然**道，「咦？艾比絲太太，為何你會在這裏的？」

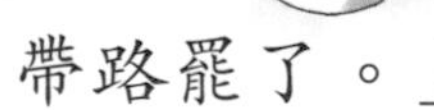

「是他們想找你啊。我只是來帶路罷了。」

「你是蘇珊小姐吧？我是蘇格蘭場的警探。」雷斯介紹了自己後，**開門見山**地問，「關於昨天的女童綁架案，

有些事情想向你了解一下。」

「我……我昨天已經告訴了你們呀！」蘇珊**詞鈍意虛**地說。

「喂！喂！喂！老實一點好嗎？」猩仔不客氣地搶道，「你說的是**假證供**！我們也看到那輛疑犯的篷車，但跟你的描述完全不一樣！」

「我……我不知你在說甚麼。」

「**別裝糊塗**——」猩仔還想問下去時，突然，一輛篷車急急駛至，並在蘇珊房子外停了下來。一名男子從車上躍下，並**來勢洶洶**地喊道：

「喂！你們是甚麼人？幹嗎**騷擾**我的妻子？」

「閣下是蘇珊的丈夫？我是蘇格蘭場的警探。」雷斯趨前問道，「請問貴姓名？」

「**警……警探？**」男子錯愕地退後了一步，「我……叫格蘭。」

「請問你昨天在哪裏？」雷斯看到對方**神色有異**，於是踏前一步再問。

「我嗎？我……」

這時，猩仔輕聲在夏洛克耳邊說：「看，他的馬車好像跟昨天那輛一模一樣呢。」

「不。」夏洛克也**壓低嗓子**說，「外觀雖然差不多，但昨天那匹馬**四蹄踏雪**，這匹的腳毛卻是黑色的，而且輪子也不一樣。當然，也不能排除是**事後更換**過。」

夏洛克說完，馬上走到雷斯身旁，悄聲地在他耳邊說了些甚麼。雷斯點點頭，隨即對格蘭說：「格蘭先生，我可以**檢查一下**你的篷車嗎？」

「不……這……不太方便。」格蘭的額角滲出了一顆**豆大的汗珠**。

「不合作的話，我只能請你去一趟蘇格蘭場了。」雷斯以**不容抗拒**的語氣說。

「這……」格蘭沉默了一會，突然用力把雷斯推開，急急轉身跑向篷車。

「***休想逃！***」其他人還未及反應過來，猩仔已來個**獅子搏兔**，縱身一躍抱住了格蘭的腿。

「哇呀」一聲，猩仔和他已摔倒在地上。

雷斯見狀也**不敢怠慢**，馬上撲上去扭着格蘭的手腕說：「你就是綁匪吧！快說，把那女孩藏在哪裏？」

「甚麼女孩？我不懂你在說甚麼啊！」格蘭強烈否認。

「那你剛才為甚麼要逃？」夏洛克問。

「因為被你們嚇怕了，我才逃呀。」

「夠了，**不要再說謊了！**」

忽然，蘇珊大叫一聲。

眾人被嚇了一跳，紛紛望向她。

「我們**自首**吧。」蘇珊懊

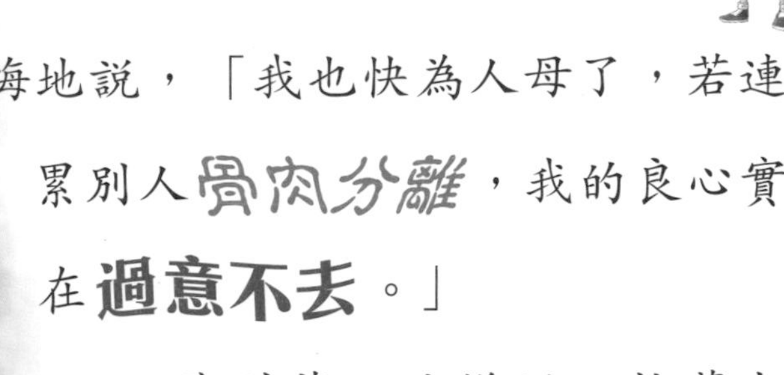

悔地說，「我也快為人母了，若連累別人骨肉分離，我的良心實在過意不去。」

聽到蘇珊這樣說，格蘭也**幡然悔悟**。他低下頭來對雷斯說：「孩子快出世了，我們卻**一貧如洗**，為了**籌措**生孩子的費用，我們……昨天偷了茶葉店的錢。」

「啊？偷了我的錢？」老太太顯然全不知情。

「沒錯，在綁架案發生之前數分鐘，我駕着篷車接過一袋蘇珊從店裏**偷來的硬幣**。」格蘭坦白地交代，「不巧我的篷車跟綁匪的篷車很像，蘇珊怕我被警察截查，所以才**撒了個謊**。」

「你們只是**偷了錢**，沒有參與**綁架**？」夏洛克問。

「沒有，真的沒有。」格蘭搖頭道，「不相信的話，可以搜查我的篷車和房子。篷車中只有那袋偷來的硬幣。」

三人對望了一下，有**默契**地點點頭，然後徹底地搜查了蘇珊的房子與篷車。可是，正如格蘭所說那樣，並沒有女孩的蹤影。

「**我對不起你。**」蘇珊向老太太低頭致歉。

「生活有困難

可以直接跟我說呀。我一定會幫助你的。」老太太溫柔地拉着蘇珊的手說。

「艾比絲太太……」蘇珊潸然淚下。

「啊，探長先生，我記起來了。那袋錢嘛，我本來就打算送給蘇珊的。」老太太假裝糊塗地對雷斯說，「那……那不算偷吧？抱歉，我人老了，記性不好，竟忘了此事。」

「艾比絲太太，這……」蘇珊感動得說不下去。

「雷斯先生，你同意嗎？」老太太懇切地問，「那不算是偷吧？」

「這個嘛……」雷斯不知如何回答。

「這個嘛……」

猩仔忽然跳到老太太前面，擺出一副**老成持重**的樣子點點頭說，「如果是送的話，蘇珊只是早一步把錢拿走，並不算盜竊呢。」

聞言，雷斯連忙搔搔頭，**尷尬地和應**：「哈哈哈，猩仔說得對。這叫**餽贈**，不算**盜竊**。」

夏洛克看着猩仔和雷斯兩人的回答，心中泛起**陣陣暖意**，於是也幫腔道：「是的，那是餽贈，是艾比絲太太的心意，不算盜竊。」

聽到三人這樣說，蘇珊和格蘭都熱淚盈眶，不能自已。

「雖然**白跑一趟**，但也做了件好事呢。再見！」回到蘇格蘭場的門口，雷斯向猩仔兩人**揮手道別**。

然而，就在這時，一個身影突然走了出來，並向雷斯吼叫：「**你這廢物**，到甚麼地方躲懶去了？又有女童被綁架了！快來幫忙調查！」

「**甚麼？**」聞言，夏洛克與猩仔都**驚愕萬分**。

第二宗 綁架案

「唔？」麥克探長看到夏洛克兩人，不屑地問，「又是這兩個**小屁孩**？他們怎會在這裏的？」

「啊，是這樣的。」雷斯慌忙解釋，「他們幫我重新調查昨天的綁架案，發現之前的**情報有誤**，擄走那個名叫安琪的小女孩的馬車應該是黑色的。」

「甚麼？」麥克瞪了雷斯一眼，「你要這兩個小屁孩幫你？不怕**別人笑話**嗎？」

「不要小屁孩前、小屁孩後的！我可是**少年偵探團G的團長猩爺！**」猩仔按捺不住，一句就**懟回去**。

「少年偵探團？」麥克冷冷地一頓，突然放聲大罵，「小屁孩就是小屁孩！**偵探個屁**！」

「太可惡了！開口閉口都是屁，那就讓你嘗嘗我的絕招吧！」猩仔被氣得〈**滿面通紅**〉，他雙手握拳**紮好馬步**，看樣子就要爆炸了。

「**糟糕！**」夏洛克慌忙衝前企圖制止。

但說時遲那時快，「**咻**」的一下炸響，猩仔已朝麥克放了一個**奇臭無比**的大臭屁！

「**哇呀呀呀呀呀！好臭呀！**」麥克慘叫一聲，連滾帶爬地逃進了蘇格蘭場內。

「哎呀，你用臭屁攻擊探長，會害我被責罵啊！」雷斯掩着鼻子抱怨。

「他罵我是小屁孩呀，不放個屁能消這口氣嗎？」猩仔**撅着嘴巴**說。

「雷斯！」突然，麥克的咆吼聲從蘇格蘭場裏傳來。

「哇！不得了，遲些再談吧！」雷斯轉身就走，但左腳卻踢中右腳，「**嘭**」的一聲摔了個**大跟頭**。

猩仔與夏洛克看着趴在地上的雷斯，幾乎傻眼了。

「哈哈哈，又摔倒了。」雷斯**尷尬**地笑了笑，慌忙爬起來，**跌跌撞撞**地跑進了蘇格蘭場。

「怎麼辦？又有女童被綁架了。」猩仔向夏洛克問道。

「我們沒有第二宗綁架案的資料，不能肯定兩者是否有關連，還是先集中調查第一宗案件吧。」夏洛克道。

「可是除了黑衣人和馬車，並沒有別的線索呀。」

「不，**還有一個線索**。」

「是甚麼？」

「還記得我們最初看到安琪時，她在找小

袋子嗎？」

「是呀，那又怎麼樣？」

「我覺得那是綁架犯偷走的。他把小袋子偷走後，故意把它放到街燈旁邊，引誘安琪走近馬路，方便把她擄走。」

「哈！你的想法和我不謀而合呢！我早就覺得那袋子有問題了。」猩仔臉不紅耳不赤地附和。

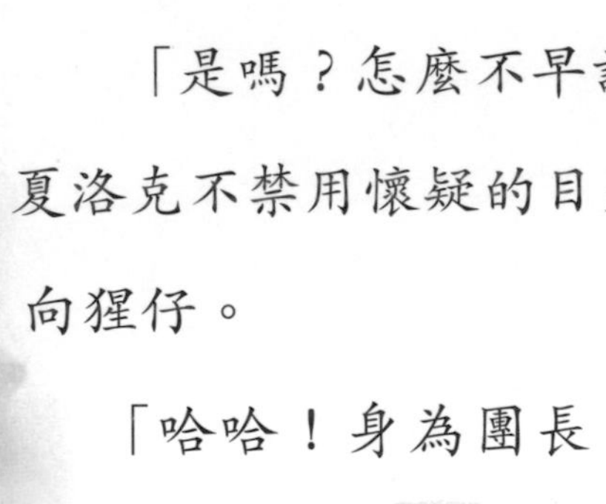

「是嗎？怎麼不早說？」

夏洛克不禁用懷疑的目光投向猩仔。

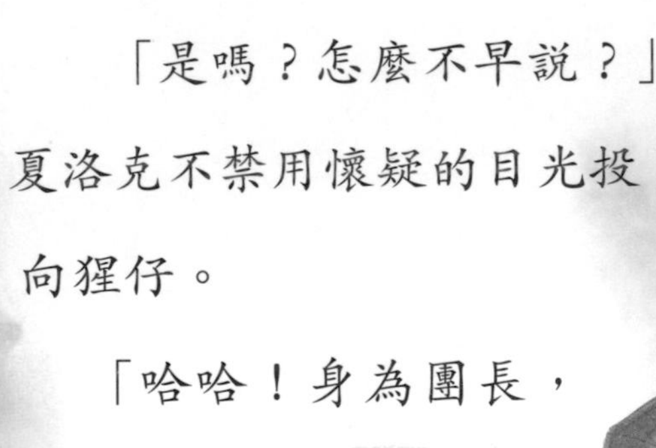

「哈哈！身為團長，不能每次都搶功勞，總得留個機會讓手下動動腦筋嘛。」

「算了。」夏洛克知道鬥不過猩仔的厚

顫，於是問，「那個小袋子呢？是不是已經還給安琪的母親了？」

「**不！在我這裏！**」

「甚麼？怎會在你那裏的？你不是搶着要還給安琪母親的嗎？」

「都怪那個**馬面探長**呀！他不斷趕我們離開，害我忘記了歸還袋子。」

「這也好，**錯有錯着**。」夏洛克說，「我們快檢查一下小袋子，看看當中有沒有線索吧。」

「好呀，你拿去看看。」猩仔說着，從後褲袋裏拿出了小袋子。

夏洛克接過小袋子後打開，在袋中找到一些**瑣細的物件**，看來全都是洋

娃娃用的飾品，如**小帽子和小洋服**之類。

「這是……？」夏洛克發現了一顆紐釦，「它大小正常，看來不是洋娃娃的衣服用的，而是**成人衣物的紐釦**。」

「讓我看看！」猩仔搶過紐釦，瞇着眼細看，「紐釦背後刻了幾個字母……**BBL**？是甚麼意思？」

夏洛克翻開那些小洋服的標籤，有點疑惑地說：「**巴別倫玩具公司**（Babelon Toys Company）。BBL會否就是巴別倫的簡稱？即是出品這些洋娃娃衣服的店子？」

「巴別倫，我也有些印象。早前在報紙上看過它的廣告，那個哭鼻子當天抱着的洋娃娃看來也是這家公司的產品。」

「既然如此，我們去這家公司看看吧。你知道地址嗎？」

「以我**天才般的記性**嘛……」猩仔咧開大嘴巴，扮了個**鬼臉**說，「嘻嘻嘻，當然……不記得啦！」

夏洛克雙腿一歪，當場摔倒。

翻查報紙上的廣告後，夏洛克與猩仔很快就在商店街找到了巴別倫玩具公司。

猩仔站在門外，看着櫥窗上**琳瑯滿目**的洋娃娃，皺着眉頭說：「真的要進去嗎？像我這樣**雄糾糾的男生**，走進洋娃娃店會不會有點難為情？」

「你不想進去，可以不進去啊。」夏洛克說，「在這裏等我就行了。」

「不要！站在洋娃娃店門外，不是更**礙眼**嗎？」

「你到底要不要進去？」夏洛克沒好氣地問。

「這個……」猩仔猶豫了一下後，**毅然**地說，「**好！**既然是**赴湯**

蹈火，我當然在所不辭！」說着，他挺起胸膛深深地吸了一口氣，用盡全身力氣一推。

然而，此時店門忽然打開，猩仔的手失去支撐，一個踉蹌撞了進去，「砰！」的一聲撞倒了店內的展示架，把架上的木杯子全部推倒了。

「哎喑，是誰忽然打開門呀！」猩仔好不容易才站穩。

「哎呀，對不起，我看到你們在門外徘徊，想看看是否需要幫忙，沒想到你突然就推門進來了。」一個店主模樣的老人慌忙說。

「不，是我們魯莽！」

夏洛克急忙道歉，「讓我們來收拾杯子吧。」

「不打緊，杯子其實擺得不好看，我本來就打算重新陳列。」老店主擺擺手說。

「啊？你想重新陳列嗎？」貪玩的猩仔大言不慚地說，「我是全校搭積木比賽冠軍，想吸引客人的眼球就讓我來陳列吧。」

「全校最帥的人是你，搭積木比賽冠軍又是你？你好多個第一呢。」夏洛克揶揄。

「哈哈，沒辦法。我實在太多才多藝嘛。」

「那麼，就拜托你了。」老店主向猩仔笑道。

猩仔向店主借來一張紙，隨即畫了幾個陳列的式樣，**自賣自誇**地說：「哈哈！我太厲害了！看！每個式樣都**完美無缺**，隨便選一個吧。」

夏洛克一看，就搖搖頭說：「你這些設計太**胡鬧**了吧？」

「我哪有胡鬧，每一個式樣都是超棒的呀！」

「你自己再看一次吧，有一個**明顯行不通**呀。」

「果然是**天才容易招人忌**。」猩仔不可一世地擦擦鼻子說，「我設計得那麼完美，哪有行不通的？你說！」

「這個！」

夏洛克指着其中一個設計說，「**你試疊疊看。**」

謎題④：猩仔哪個設計不行呢？

A　B　C　D　E

「嘿，想找碴嗎？就疊給你看。」猩仔自信滿滿地拿起杯子堆疊起來。可是他**左堆右疊**地弄了好幾分鐘，始終無法依設計圖那樣疊起來，最終只好放棄。

「我早說了吧。」夏洛克說。

你看得出哪個設計有問題嗎？看不出的話，可以到第92頁找答案。

「**人有失手，**

馬有亂蹄。」猩仔仍不服輸，「只是其中一個不行罷了。」

「謝謝你們呀。」老店主高興地道，「其中一個不行也沒所謂，其他設計都很好呢。」

「聽到了嗎？明白我猩爺多麼**才華橫溢**吧！」猩仔得意地說。

「對了，你們想看甚麼玩具？請隨意看。」

「其實，我們想你看看這個。」夏洛克從口袋裏掏出那顆**紐釦**。

「啊！這是敝店的**紀念紐釦**，只做了三顆，都送給了熟客。怎會在你手上的？」

「我們撿到的，想把它**物歸原主**，能找到那幾位熟客嗎？」

「這個嘛……」老店主**面有難色**，「她們雖然是熟客，但我從沒問過她們的住址啊。」

夏洛克想了想，再問：「那麼，你知道她們的名字嗎？」

「這個倒知道，她們分別叫**嘉恩**、**美娜**和**薇安**。」

「謝謝你。」夏洛克道謝後，就拉着猩仔告辭了。畢竟這是女生才會來光顧的洋娃娃專門店，**待久了會渾身不自在**。

兩人剛步出店門，一個熟悉的聲音傳來：「咦？你們怎會都在這裏？」

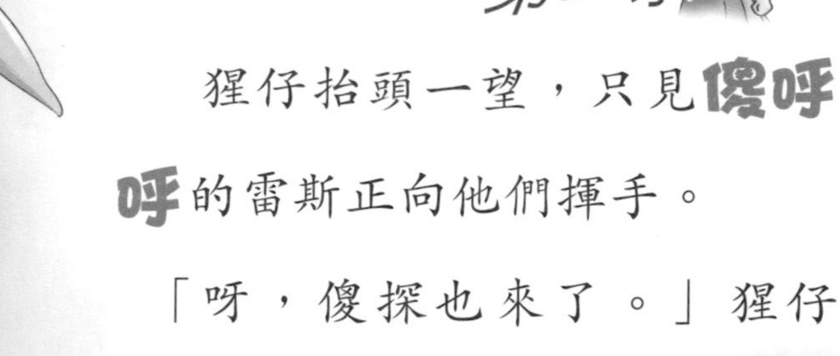

猩仔抬頭一望，只見**傻呼呼**的雷斯正向他們揮手。

「呀，傻探也來了。」猩仔說。

雷斯走近後問：「你們也在調查綁架案嗎？」

「你怎麼知道的？」夏洛克感到詫異。

「**第二宗綁架案**就是在這裏發生的呀！」

「竟有這回事？」猩仔不禁驚呼。

夏洛克連忙抓着雷斯問：「第二宗綁架案是怎樣發生的？可說給我們聽聽嗎？」

「這裏不方便說話，坐下來再慢慢談吧。」

三個熟客

三人在附近的露天茶座坐下來後，猩仔毫不客氣地馬上點了**幾個蛋糕**吃起來：「我先**招呼肚子**，你倆慢慢談吧，不用管我。」

雷斯苦笑了一下，低聲向夏洛克說：「正確來說，綁架發生於**今天上午**，地點就在玩具店門外。當時有一名小女孩在櫥窗前觀看洋娃娃，中途突然殺出一個**黑衣人**把她擄走。」

「原來如此。」

「她叫**琳兒**，7歲大。據她的媽媽說，那時琳兒在玩具店門外嚷着要買洋娃娃，怎麼勸也不願走。她**一氣之下**就轉身離開，以為女兒很快就會跟上來。怎料一轉眼，就看到她被一個黑衣人捉上了馬車，想追也來不及了。」

「唔，又是黑衣人和馬車呢。」猩仔吃得**吧唧吧唧**地說。

雷斯想了想，問：「會不會是與第一宗綁架案有關呢？」

「很有可能。」夏洛克指出兩案的幾個**共通點**。

①綁匪都是**黑衣人**，同是駕着馬車犯案。

②兩個被擄者都是**七八歲**的小女孩。

③兩人都與同一家玩具公司有關：案發時一個拿着**巴別倫出品的洋娃娃**；一個則站在巴別倫的店外。

「我知道了，綁架犯是店鋪的員工！」雷斯想當然地說。

「應該不是。我們在第一位受害人安琪的小袋子裏找到一顆**特製的紐釦**，估計是綁架犯拿走安琪的袋子時**意外遺下**的。」夏洛克說，「我們剛才問過店家，同樣的紐釦只生產了三顆，分別送給了**三名熟客**。」

「啊！這麼說來，疑犯應該是其中一個熟客？」雷斯說到這裏，霍地站起來，「**走！馬上去調查那三名熟客！**」

「唔，好味道！」猩仔舔了一下沾在鼻子上的**奶油**，「剛才問過玩具店的店主了，他也不知道她們的地址啊。」

「那怎麼辦？必須儘快拯救安琪和琳兒啊！」

就在這時，一個**侍應生**走了過來，有禮地說：「敝店**周年大酬賓**，惠顧第二份甜點的話，可獲**八折優惠**。」

「甚麼？八折？」猩仔大喜，「太好了，再來一份吧！」

「哎呀！你吃得太——」夏洛克正想制止時，突然打住。

「怎麼了？」雷斯問。

夏洛克眼底靈光一閃，說：「有方法可以讓她們**自投羅網**！」

翌日，巴別倫玩具店在門外貼出了一張**優惠告示**：「為了回饋顧客的支持，只要出示敝店的**紀念鈕釦**，就能免費換取限量版碧蒂洋娃娃裙子一條！」

「這個辦法實在太棒了。我在早報上也賣了廣告，那三個熟客都是洋娃娃裙子的**狂熱收藏家**，得知這個信息後一定會前來光顧。」在玩具店內，

喬裝成顧客的雷斯向夏洛克和猩仔低聲道。

「只要她們一現身，我就撲出去抓住她們！」猩仔磨拳擦掌地說。

「千萬不要打草驚蛇。」夏洛克提醒，「那三個熟客都是女人，但綁架犯卻是個男人，我們只能查問她們，再順藤摸瓜，找出那個綁架犯啊。」

「哎呀，都一樣啦！其中一個女人一定是綁架犯的同黨，抓到她就差不多等於破案啦。」

就在此時，有兩個一肥一瘦的女人走了進來。老店主

悄悄地向雷斯三人遞了個眼色，然後才上前向兩個女人打招呼：「嘉恩、美娜，歡迎光臨！你們來得正好，今天有優惠呀。」

「哎呀，我們一看到廣告就馬上趕來了。限量版裙子是怎樣的？快讓我們看看。」胖胖的嘉恩抹着汗，急不及待地說。

「那裙子非常珍貴，只送給有紀念紐釦的顧客，你們把紐釦帶來了嗎？方便的話，能否讓我循例檢查一下？」老店主恭恭敬敬地說。

「可以呀。」說着，兩人分別把紐釦拿出來遞上。

老店主接過紐釦後檢視了一下，說：「沒錯，都是真的。」

聞言，雷斯隨即

衝前**表明身份**，向兩人說：「我是**蘇格蘭場警探雷斯**，想請你們協助調查。」

「警探？是甚麼一回事呀？」美娜和嘉恩吃了一驚，**不約而同**地問。

可是，經過**深入的盤問**後，雷斯確認兩人都有不在場證據，她們跟兩宗綁架案完全沾不上邊。

就在她們要離開時，夏洛克**靈機一動**，向兩人問道：「請問你們認識薇安嗎？她也是這兒的熟客。」

「認識呀。我們是**洋娃娃同好**，間中會一起聚會交流。」嘉恩說。

「為甚麼她今天不來換取限量版裙子呢？」

「早兩天聽說她**弄丟了紀念鈕釦**，所以不好意思來吧。」美娜說。

「那麼，你知道她住在哪兒嗎？」

「她住在這一區，但具體地址不太清楚啊。」

「我只記得她說過自己的房子**沒煙囪**，冬天時不能隨便**生火取暖**，屋裏很冷。」美娜說。

「你這麼一說，我也想起來了。」嘉恩說，「她每個星期都會找一天帶碧蒂洋娃娃去**看日出**。她說過從家門往左走，在最初的十字路口

有一家麵包店，她會在那裏買一份**三明治**，然後往左轉買一瓶牛奶，最後再在下一個路口右轉，坐在海岸邊的長椅上，一邊品嚐早餐一邊**眺望日出**。」

夏洛克眼前一亮，對雷斯說：「能查出這一區**沒有煙囱的房子**在哪兒嗎？」

英雄救美

三人到附近派出所問了一下，所內的警員說附近有**7所房子**沒煙囪，還畫了一幅簡單的地圖給他們參考。

「太好了！這樣就能推算出哪所是薇安的房子了。」夏洛克盯着地圖說。

「在哪裏？在哪裏？」猩仔心急地問道。

「**提示**已經很清楚了，你還看不出來嗎？」

「甚麼？我當然看得出！讓我來找吧！」猩仔**不服氣**地湊過去細看。

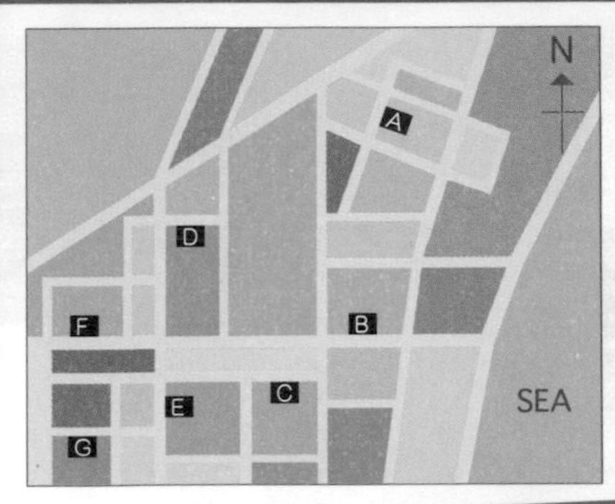

謎題⑤：如何憑以下線索，找出薇安的家呢？

「她每個星期都會找一天帶碧蒂去看日出，從家門往左走，在最初的十字路口有一家麵包店，每次會在那裏買一份三明治。然後，她會往左轉買一瓶牛奶。最後，再在下一個路口右轉，坐在海岸邊的長椅上，一邊品嚐早餐一邊眺望日出。」

「唔……**麵包？牛奶？日出？**她看來只是亂說一通呢。」猩仔搔着頭，看着地圖一臉茫然。

「**左、左、右**……」夏洛克則自言自語地說。

「甚麼？原來你也沒找到嗎？」猩仔訝異。

「嘿，差不多已找到了。」夏洛克**狡黠**地一笑。

「哎呀，想搶在我前面嗎？休想！」猩仔一手奪過地圖。

你能否找到薇安的家呢？找不到的話，可以到第92頁看答案。

「沒問題，你慢慢看吧，反正我已找到了。」夏洛克**成竹在胸**。

「這麼快就找到了？」在旁的雷斯十分驚訝。

「情報量看似很多，但有用的其實很少。只要**抓住重點**，就可很快找到答案了。」

猩仔盯着地圖看到**滿頭大汗**，卻一點頭緒也沒有。最後，他只好把地圖扔給夏洛克，晦氣地說：「算了！這地圖畫得太爛啦，我不看了！」

夏洛克接過地圖，指着當中一所房子說：「薇安就住在這裏！」

三人很快就去到薇

安的住宅附近。為免**打草驚蛇**，他們躲在街角**暗暗觀察**。

「據老店主說，薇安是個**高個子**，頭髮灰白。」雷斯說，「要注意這個長相的女人。」

就在這時，一輛黑色馬車開到目標房子的不遠處停了下來。一個**黑衣人**從車內探出頭來四處張望，他確認附近沒有人後，才鬼鬼祟祟地下車。

「是他了！」夏洛克已一眼認出來了。

他就是當天的**綁架犯**！

此時，黑衣人已慢慢走近薇安的房子。

「果然**不出所料**，黑衣人與薇安是一夥的！」猩仔憤怒地說，「一個女人竟然幫助綁匪擄走小女孩，實在**太可惡**了！」

「我們悄悄地跟上去吧。」雷斯**領頭**，夏洛克兩人隨後，三人**不動聲色**地走到黑衣人身後。

正當黑衣人打開大門之際，雷斯突然喊話：「你是薇安小姐的朋友嗎？」

「不，我就是薇安。」黑衣人回過頭來應道。

「啊！」雷斯三人大吃一驚。他們這才發現，眼前的黑衣人竟然是個女人。

「我是蘇格蘭場警探雷斯，有些事想請教你。」

「甚麼事呢？」

「可以進去談談嗎？」

「我……我的房子太亂了，不太方便。」薇安面有難色地說。

「哎喲，人有三急，借你的廁所一用！」猩仔不由分說就衝進屋內，「**廁所！廁所！廁所在哪？**」

「不！不要！」薇安慌忙追了進去。夏洛克與雷斯見狀，也**趁機尾隨入內**。豈料走進客廳一看，屋內豈止不亂，除了一排只擺放着幾本書的書櫃外，更是**空蕩蕩**的，一點**生活感**也沒有。

「你的書櫃很大，書本卻很少呢。」夏洛克試探地問。

「嗯……我喜歡簡約一點。」薇安略帶驚惶地說。

「廁所呢？廁所在哪？」猩仔裝模作樣地在屋內跑來跑去，「你剛才不是說屋內很亂的嗎？一點也不亂呀。」

「你前天早上在哪兒？」雷斯出其不意地向薇安問道。

「前天嗎？我記得好像是外出購物吧。」

「有否到過牛津街？」

「沒……沒有呀。」

這時，夏洛克注意到薇安的手袖，於是問道：「薇安小姐，你的外套缺少了一顆

袖口紐呢。」

「啊……這個嗎？我不小心弄丟了。」

夏洛克**攻其無備**，突然舉起那顆紀念紐釦問：「是這一顆嗎？」

「啊……？怎……怎會在你手上？」薇安訝異。

「這紐釦是在牛津街找到的，你其實去過那兒吧？」雷斯詰問。

「我……我不知道你在說甚麼。」薇安**慌張**地說。

此時，猩仔已在全屋跑了一周，他回到夏洛克身邊悄聲說：「沒看到可收藏女童的地方。」

「是嗎？但總覺得這房子有些**不自然**……」夏洛克忽然想起甚麼似的，逕自跑到屋外去。不一刻，他又馬上跑了回來。

「**跑進跑出**的，怎麼啦？」猩仔問。

「這房子有**密室**！」夏洛克眼底閃過一下**寒光**。

「甚麼？」雷斯大吃一驚。

「別胡說！這裏沒有甚麼密室！」薇安慌了，連忙**高聲否認**。

謎題⑥：你能否從第79至82頁的各張插圖中找出密室的所在？找不到的話，可以到第92頁找答案。

「我沒有胡說，那就是**證據**。」夏洛克指着左面的窗户說。

「為甚麼窗户就是證據？」猩仔**不明所以**。

「密室應該就在這裏！」夏洛克猛地指向一個書櫃，然後走到那書櫃前**用力一拉**，就把書櫃拉開了。**果不其然**，有一道木門隱藏在書櫃後面。

「**有門！**」猩仔高呼一聲，馬上衝上前把門拉開。

一間**佈置雅致**的小房間隨即呈現眼前，只見四面牆壁都擺放了**裝飾架**，架上滿是不同款式的洋娃娃。房間的中央鋪了一張**軟綿綿的地氈**，兩個小女孩正坐在上面玩着洋娃娃，看來**好不愉快**。

「哭鼻子！原來你在這裏！」猩仔搶先叫道，「帥哥來**英雄救美**了！」

「**哇！**」兩個女孩看到猩仔忽然撲過來，被嚇得放聲大哭。

「看！她們感動得哭出來了。哎喲，全校第一帥哥的**魅力果然沒法擋**呢！」猩仔厚顏地咧嘴笑道。

這時，雷斯已捉住了薇安：「你**涉嫌綁架**，現在我正式將你拘捕。」

「我沒有綁架！我沒有欺負她們！」薇安激動地說，「是她們的父母**遺棄不管**！我才拯救她們罷了。」

「沒有這回事，女孩的父母一直在尋找她們。」夏洛克說。

「我親眼看到那兩個母親把女兒留在街上**不顧而去**的！」薇安反駁，「為甚麼上天賜予這麼可愛的女兒，她們卻不好好照顧？為甚麼我那麼疼愛女兒，上天卻要奪走她的性命？」

「**你的女兒？**」夏洛克訝異。

「是……我的女兒是多麼的可愛，我將所有都獻給她。她從小就很喜歡**碧蒂洋娃娃**，我用全部**積蓄**去買給她。她喜歡甚麼，我都買給她，我把最好的東西都獻給她了，但她生來就**體弱多病**，在6歲時……更病死了。」薇安**聲嘶力竭**地哭訴。

夏洛克三人不知如何回應，只能**面面相覷**。

「當我……當我看見那些小女孩被遺棄街頭，我就禁不住要出手保護。既然她們的父母沒有好好照顧，那就交給我來照顧吧，我會**視如己出**，把她們照顧好的！」

「她們不是令千金的**替身**，她們有自己的父母。」雷斯**義正辭嚴**地說，「不管你的經歷有多痛苦，也不能擄走人家的小孩呀。而且，將孩子從父母身邊帶走，是**最可惡的兒童虐待**。上天奪走了你的女兒令你**痛不欲生**，但

你的所作所為，不也是奪走別人的女兒，令她們的父母痛不欲生嗎？」

夏洛克沒想到平時傻裏傻氣的雷斯，在關鍵時刻竟能講出這番感人肺腑的說話來。

「我……我只是想拯救她們呀。」此時薇安已哭成淚人，說不出話來了。

不久，雷斯叫派出所的警員把薇安帶走，又通知兩名女童的父母趕來接回女兒。

「媽媽！」安琪和琳兒一看到自己的父母，就馬上飛奔投進她們的懷抱。

猩仔與夏洛克看着她們**母女重逢**，也感動起來。

「太好了，終於**大功告成**了。」猩仔雀躍地說。

「嗯，幸好她們都**安全無恙**。」夏洛克微笑道。

在父親們跟雷斯登記所需資料的時候，兩名母親抱着女兒走到猩仔和夏洛克面前，**萬分感激**地說：「雷斯先生說全靠兩位才成功救回我們的女兒，真是**謝謝你們**呀。」

「不用客氣。」夏洛克靦腆地說。

「快點向哥哥道謝啦。」兩個母親不約而同地對女兒說。

「**謝謝哥哥**。」安琪說。

「**謝謝哥哥**。」琳兒也說。

「哈哈哈！不用謝啊，**英雄救美**是應該的嘛。」猩仔說着，矯揉造作地擺了個自以為**帥氣逼人的姿勢**。

不料兩個女孩突然同聲大哭：「**哇——醜八怪呀！**」

猩仔看到弄哭了兩個女孩，慌忙說：「哇！**人有三急**，廁所！廁所在哪？」說完，就一縷煙似的借尿遁了。

眾人看到如此情景，也**忍俊不禁**，一起大笑起來。

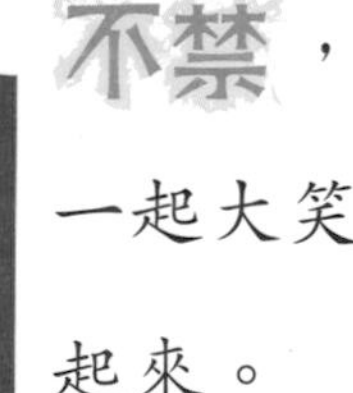

謎題①

我們已知橙色包裝是橙味糖果，故可肯定黃色包裝不是橙味糖果，也不是蘋果味和檸檬味糖果，而是草莓味糖果。餘下兩款，只要加上猩仔的提示，就能輕易分辨出是蘋果味或檸檬味糖果了。

謎題②

正如夏洛克的推論一樣，線人①説的是真話，線人⑩説的是謊話。

接下來可以用相同方法推理出線人②至線人⑨中，誰在説謊。

假如線人⑨説的是真話，意即線人②至線人⑩都在説謊，這跟「線人⑨説真話」是自相矛盾的。由此得知，線人⑨是在説謊。

而由於我們知道了線人⑨和線人⑩都在説謊，所以線人②所説「最少有2個線人説謊」就成立了。

如此類推，就知道線人⑧在説謊，而線人③在説真話；線人⑦在説謊，而線人④在説真話；線人⑥在説謊，而線人⑤在説真話。

最終得出「線人①至線人⑤在説真話，線人⑥至線人⑩都在説謊」的結論。

謎題③

我們知道霜兒家位於河流的北面，即A、C、E其中一間。

由於霜兒家在瑪莉家之東，故霜兒家不可能是最西面的A。

艾妮家在霜兒家之北，故霜兒家不可能是最北面的C。所以，霜兒的家是E。

惟一位於霜兒家之北的C則肯家是艾妮家了。

由於最少有2個人住在珍妮家之西，故珍妮家一定是C、D、E的其中一間。我們已知C和E是誰的家，D必定是珍妮家。

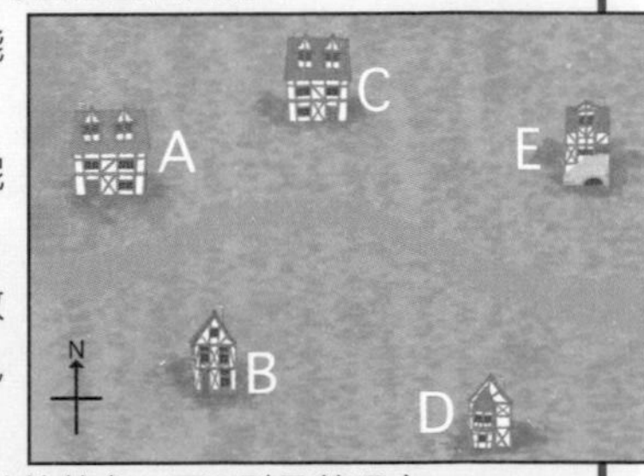

因為蘇珊家在范特西家之南，所以A是范特西家，而B則是蘇珊家。

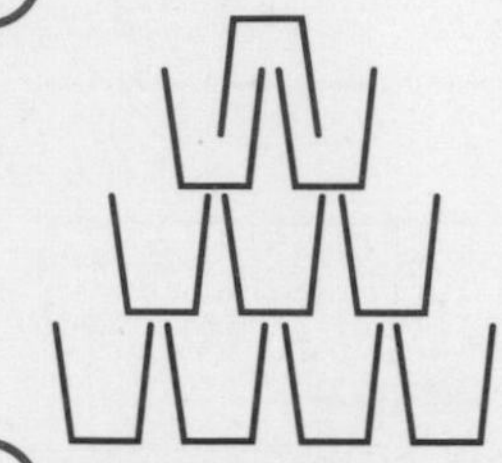

謎題④

C是有問題的設計。雖然在平面圖上看沒問題，但在立體的情況下，因為有杯邊的關係，杯子是不可能倒插在兩個杯子中間的。

謎題⑤

將句子中隱藏的重點抽出來，就能得知「從該家的門口往左走，在最初的十字路口往左轉，再在下一個路口右轉，就會面向海。」而符合以上條件的就只有B的房子。

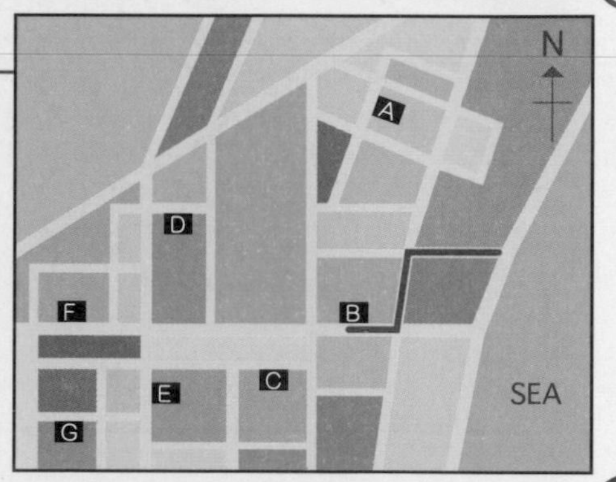

謎題⑥

從室外看窗戶，左邊還有空間，但從室內看，窗戶右邊卻是書櫃。而其中一個書櫃下方的地板，更有來回拖動的痕跡。由此可以推斷，書櫃後面應該隱藏着一個房間。

實戰推理短篇
鬼屋驚魂

古老的鬼屋

「**快拉出來了！拉出來了！**」猩仔蹲在地上大叫。

「活該！人家請客，你就拚命吃，不吃壞肚子才怪！」夏洛克**幸災樂禍**。

原來，這天雷斯為了答謝夏洛克與猩仔協助偵破女童綁架案，特別請兩人享用了一頓**豐盛的下午茶**。吃完後回家途中，猩仔卻忽然按着肚子痛得**呼天搶地**，看來就要拉肚子了。

「我……嗚……只是給他面子才……吃多一點罷了……嗚……」猩仔已痛得臉容扭曲，但仍想爭辯。

「吃多一點？你足足吃了四個人的分量呀。」夏洛克沒好氣地說，「雷斯先生看到賬單時，被嚇得手也瑟瑟發抖啊。」

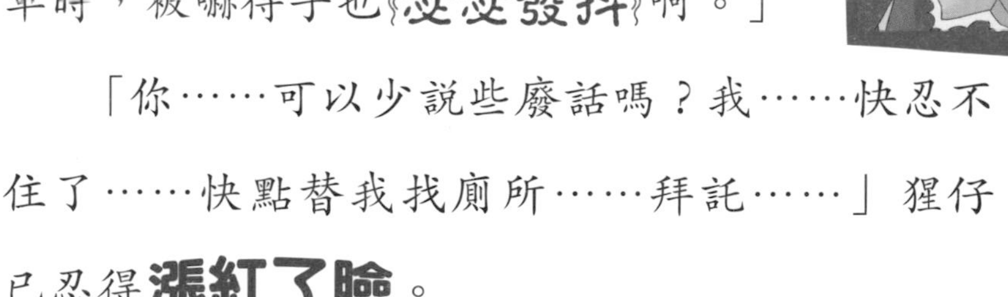

「你……可以少說些廢話嗎？我……快忍不住了……快點替我找廁所……拜託……」猩仔已忍得漲紅了臉。

「廁所嗎？」夏洛克想了想，「這附近沒有公廁，也沒有店鋪，總不能隨便跑進一家民居借廁所吧？」

「哎呀，**我快憋死了**……你想想辦法吧……」猩仔蹲在地上按着肚子，看來真的快忍不住了。

「呀！我想起來了，附近有一間**荒廢了的鬼屋**，應該有廁所！」

「**鬼屋？**」猩仔瞪大眼說，「不會真的有鬼吧？」

「你怕鬼嗎？」夏洛克斜眼看着猩仔，「怕的話，只能**就地解決**。我回家了，你慢慢拉吧。」

「不！我去鬼屋！快帶路！」猩仔慌忙叫道。

「知道了。你要忍住呀，跟我走吧。」

不一刻，兩人來到一個寫着「**不准內進**」的圍欄前面。他們攀過圍欄，再穿過一條兩旁

盡是枯樹的小路後，終於看到一座**陰森可怖**的古老大宅。只見它的前院長滿雜草，外牆上不但**滿佈藤蔓**，牆身的油漆也大都剝落了，看起來就像一隻**巨大的癩蛤蟆**趴在前方。

「哇……好恐怖啊……」猩仔看着大宅，不禁**倒抽了一口涼氣**。

「這大宅已荒廢很久，聽說最近被人收購了。但不知怎的又盛傳這裏**常常鬧鬼**。」

「嗚……」突然，猩仔的肚子又作動了。

「怎麼？要進去嗎？」

「當……當然！否則就拉出來了！」猩仔已忘記了恐怖，他**按着屁股**急步往前奔，直往大門衝去。

「喂！等等！」夏洛克連忙跟上。

「**砰**」的一聲，猩仔猛力踢開大宅的破門，並看着前方叫道：

「**呀！廁所！廁所**

在那兒！」說完，他已一股腦兒奔了過去。

夏洛克抬頭一看，只見一個「TOILET→」的標記指向前方地庫的入口。

「拉了！拉了！拉了！**等等等等！別拉出來呀！**」猩仔**自顧自地**一邊大叫，一邊奔下了地庫。

「喂！你別到處亂闖呀。」夏洛克慌忙跟着猩仔下了樓梯。地庫的木門已打開了，內裏看來是一個廚房，比起**滿佈灰塵**的上層，這裏看來還**格外整潔**。

「荒廢了的鬼屋怎會有個廚房呢？」夏洛克走進去後，發現木門的左邊還有一個**書櫃**，正當感到疑惑之際，忽然「**砰**」的一聲，身後的門關上了。接着，還發出像是**上鎖的聲音**。

「啊？」夏洛克慌忙回身**擰動門把**，卻發覺木門已經被緊緊地鎖上了。與此同時，他

還發現門旁的牆上有**8個像撲克牌**大小的格子，格子上方有些數字，下方又有些英文字母，不知道有何用途。

此時，**「廁所呀！得救了！我得救啦！」**猩仔興奮的叫聲傳來，看來他已找到了廁所。

開不了門，夏洛克只好走進廚房循聲尋去，果然，在最裏面的位置有一個廁所。當他正在猶豫要不要進去時，裏面已傳出一陣「**咘咘砰砰**」的爆響，嚇得他慌忙**閉氣掩鼻**。

廁所的怪事

這邊廂，猩仔在經歷一輪**山洪暴發**後，終於感覺「**如釋重負**」，暢快了許多。

「呼……好舒服啊！」猩仔鬆了一口氣後，這才看到牆角放着一個大木桶，桶的上方有一個滴着水的水龍頭，旁邊的桶內則插着一根洗衣棒，看來這個廁所也用作洗衣房。不過，當他定睛細看時，卻發現一件白色襯衫搭在木桶外，但它的上面佈滿**斑斑駁駁的紅點**，看來就像——

「那……那些……**難道是血**？」猩仔不禁赫然。

但他想了想，馬上搖搖頭，**自言自語**地笑道：「哈，自己嚇自己，一定是襯衫沾上了污跡才要洗呀，怎會是血呢。**哈哈哈！**」

「喂！你怎樣呀？拉清了嗎？」這時，外面傳來了夏洛克的叫問。

「**拉清啦！**我馬上就出來。」猩仔說着，就往旁邊找了找，卻看不到廁紙。

於是，他又叫道：「喂！這裏**沒有廁紙**呀！新丁1號，我命令你，馬上給我找些來！」

「甚麼？找廁紙？我只是負責幫助你查案，

才不要幫你找廁紙！」

「哎呀，我沒廁紙擦屁股，又怎樣指導你查案呀。快去找吧！」

「算了、算了，找就找吧。」

接着，猩仔聽到夏洛克跑遠了。不一刻，猩仔又聽到他跑回來。

「喂，我只找到一張紙，你**省着用**啊。」夏洛克在門外說。

「甚麼？只得一張？怎能擦得乾淨啊！」

「只找到一張啊。不夠用的話，就用你自己的**領結**來擦吧。」

「甚麼？用領結？算了，**一張就一張**吧。」猩仔**沒奈何**。

接着，一陣**窸窸窣窣**的聲音響起，一張紙從門縫下面插了進來。

「**唔？**」猩仔彎身撿起一看，發現紙上寫着一組奇怪的數字。

「紙上怎會有字的？是甚麼意思？」猩仔問。

「我也不知道啊！」夏洛克應道，「是在廚房的桌上找到的。」

「算了，管它甚麼意思。」猩仔**無暇細想**，草草把屁股擦個乾淨。然後，他用力拉一拉**沖廁的繩子**，就把馬桶沖乾淨了。

當他正想穿上褲子時，木桶上方的水龍頭發出了「嘰」的一下尖響。接着，「嘩啦」一聲，水龍頭突然自己開了，還噴出了**紅色的水柱**！同一剎那，插在木桶內的那根洗衣棒也忽然「咔嘞咔嘞」地轉動起來。

「**哇！**」猩仔大驚之下，差點從馬桶上滾了下來。

「***血！是血呀！有鬼！逃！要快逃！***」猩仔慌忙拉起褲子就往外衝，可是，他「砰」的一聲撞到門上，門卻沒有應聲而開。

「怎會這樣的？我剛才沒有鎖門呀！」猩仔慌了。

「怎麼啦？」門外的夏洛克問。

「**有鬼！有鬼呀！**快！快！快幫我開門吧！」

「好！我試試看！」接着，門外響起了**急促擰動手把**的聲響。

「好像鎖上了，外面也沒法打開啊！」夏洛克說。

木桶上方的水龍頭仍「**嘩啦嘩啦**」地噴下血紅色的水柱，看樣子就要從木桶內溢出來了。

猩仔急得如**熱鍋上的螞蟻**，只懂得大叫：「救命呀！救命呀！」

「喂！冷靜一點！」夏洛克在門外叫道，

「可能是門鎖**生鏽**卡住了，再試試開吧！」

「啊！知道了！」猩仔慌忙再試。可是，這時他卻注意到——

「咦？門柄上面好像寫着些甚麼！」猩仔向門外說。

「甚麼？你快看清楚，究竟寫着甚麼？」夏洛克叫問。

「門柄上面寫着『**LOOK IN THE MIRROR**』！」

「啊！叫你照照鏡嗎？那麼，快去照照吧！」

猩仔聞言，馬上去找鏡子。這時，他才發現牆上有一面被**黑布覆蓋着的鏡子**。於是，

他走過去用力一拉！

「**哇呀！**」

猩仔看到鏡子時，登時高聲慘叫。

「又怎麼啦？」門外的夏洛克大聲問。

「沒……沒甚麼，我只是被自己的樣子嚇着了。」猩仔看着鏡裏自己**驚恐萬狀**的臉容，不禁苦笑。

「哎呀，被你氣死啦。快看看鏡子除了你的樣子外，還有甚麼吧！」

「啊？」猩仔定睛一看，「鏡子上有一些用**唇膏**寫的奇怪符號。」

「是甚麼？唸出來看看。」

「我不知該怎麼形容啊。」猩仔盯着**符號**

說，「左右反轉了的2等於一個在**線上的心形**；K等於被兩條直線夾着的**菱形**；Z等於一個問號，然後又等於一條**鑰匙**。」猩仔說。

謎題①：知道Z=？的「？」代表甚麼嗎？請想想看。想不到的話，可看第134頁的答案。

「甚麼？再大聲一點可以嗎？聽不清楚啊。」

猩仔大聲地再唸了一遍。

「那些符號都是寫在**鏡子**上吧？」夏洛克在門外問道。

「對呀。」

「這麼看來，符號

一定與鏡有關……」夏洛克的聲音有點遲疑，然後是一陣沉默。

「喂，怎麼啦？想到嗎？」猩仔催促。

「呀！我想到了！把一個正常的『2』字放在鏡前，它不就會**左右反轉**嗎？」夏洛克興奮地說，「所以，『Z』應該等於**一條橫線在一個三角形上**，只要找到相關的三角形，就等於(=)找到開門的鑰匙了！」

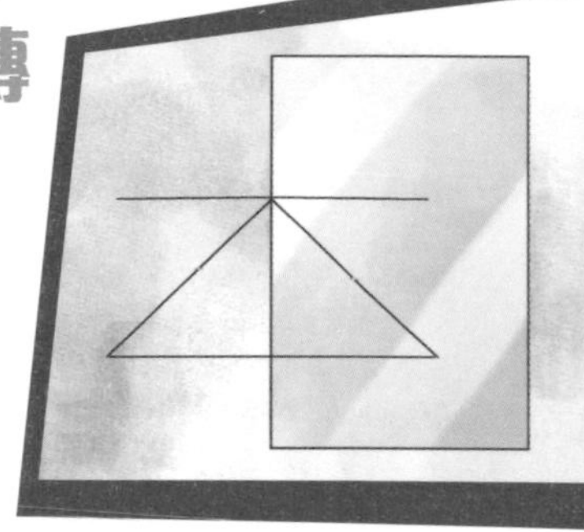

「等等！你說甚麼？我完全聽不懂啊。」猩仔嚷道。

「你先別管，看看廁所內有沒有**三角形的東西**吧！」

「三角形嗎……？啊！有了！有一塊**瓷磚**的花紋是這形狀的。」

「快按動一下那塊瓷磚，鑰匙很可能在那兒。」

猩仔趕忙用力按了一下那塊瓷磚，果然，「啪」的一聲，瓷磚就掉下來了。原來，那兒有一個**小暗格**，裏面藏着一條鑰匙。

「找到了！找到鑰匙了！」

猩仔急忙用鑰匙打開廁所的門，衝了出去。同一瞬間，不斷旋轉的**洗衣棒**「咔嚓」一聲嘎然而止，原本噴着水的**水龍頭**也自動關上了。

「啊？怎麼我一出來，水龍頭和洗衣棒都停止了？」猩仔訝異。

「你在說甚麼啊？」夏洛克不明所以。

「是這樣的……」猩仔把剛才在廁所中遇到的怪事**一一告知**。

「原來如此……」夏洛克若有所思地說，「看來不是**鬧鬼**，那些怪事都是一些機關弄出來的吧？」

「機關？甚麼意思？」

「我總覺得這裏有些**機關裝置**，例如，我一走進這個地庫，身後的木門就自動關上了。」

「甚麼？就像廁所門那樣，不能打開嗎？」猩仔緊張地問。

「就是這樣。所以，**當務之急**，必須想辦法離開。否則……」

「否則甚麼？」

「否則就會餓死在這裏。」

「甚麼？餓死？」猩仔大驚，「哇，慘無人道呀！我一天要吃**3餐**，還有**21900**多餐未吃啊！我還是個小孩，不要這麼快就餓死，我要吃**牛排**、**漢堡包**、**薯條**、**日本拉麵**、**福建炒飯**！還有——」

「住口！」夏洛克大聲喝止，「快要死了，還想着吃，你的腦袋裏除了吃，還有別的嗎？」

「還有。」

「還有甚麼？」

「據說**意大利蟹肉龍蝦汁芝士薄餅**很好吃，我想吃完才死。」

聞言，夏洛克腿一歪，幾乎當場**摔倒**。

「算了，再說下去未餓死已被你氣死了。」夏洛克丟下猩仔不管，逕自向通往樓梯的木門走去。

「喂！等等呀！」猩仔見狀慌忙跟上。

夏洛克走到門前再擰了擰門把，仍然無法打開木門。

「讓我來！」猩仔**自告奮勇**，「嘭」的一聲用力撞向木門，但那扇門還是**分毫不動**。

「是鬼！一定是鬼作祟！」猩仔**神經兮兮**地說。

「鬼？一碰上解決不了的事就說鬼，你實在太怕鬼了。」夏洛克故意挑釁。

「我怕鬼？我猩爺**天不怕地不怕**！怎會怕鬼？」猩仔已忘了在廁所裏被嚇得**屁滾尿流**的樣子。

忽然，夏洛克**呆若木雞**地望着猩仔的後方。

「怎麼了？」

猩仔訝異。

「鬼……有鬼在你的背後呀！」

夏洛克驚恐萬狀地說。

「甚麼？」猩仔被嚇得抱住夏洛克慘叫，「哇呀——！」

「哈哈哈！你實在太膽小了。」夏洛克**戲謔**地大笑。

「甚麼？沒有鬼嗎？」猩仔一手推開夏洛克，「豈有此理，竟然戲弄團長，太過分了！」

「誰叫你**疑神疑鬼**。」

「不是鬼的話，木門為何會突然關上？」

「剛才不是說過應該與機關有關嗎？」夏洛克說，「這道木門可能像廁所那道門那樣，要找到**破解的方法**，才能把它打開。」

「破解？難道又與謎題有關？」猩仔想了想，忽然記起甚麼似的大叫，「呀！剛才那張用來擦屁股的紙，好像有**一道謎題**啊！」

「你這麼一說，想起來確實像一道謎題。」夏洛克說，「我記得紙上除了一串打圈的數字外，上面還寫着『**IF YOU WANT TO LEAVE, FIND THE BOOK.**』。」

4 → 16 → 37 → 58 → THE ? → 145 → 42 → 20 → 4

IF YOU WANT TO LEAVE, FIND THE BOOK.

謎題③：請推算出每組數字的關係，從而找出「？」代表甚麼數字。

「哎呀，你怎可把逃生的謎題當廁紙啊！」

「還好意思怪責我？是你要**擦屁股**的呀！」

「慘了，這次真的要餓死了！」猩仔哭喪着臉。

「**不必擔心**，我記得謎題的內容。」

「真的？」

「我有**過目不忘**的本領，當然是真的。」夏洛克説着，把謎題的內容詳細地描述了一遍。

「甚麼？你説慢一點。」猩仔聽得一頭霧水，「**4和16之後是甚麼？**」

「4和16之後是——」夏洛克説到這裏，突然**靈光一閃**，「呀！原來是這樣啊！我知道了！」

「知道了？知道甚麼？」

「想想4和16有甚麼關係吧。」

「關係？這個嘛……」猩仔挖了挖鼻孔，仰起頭來**思索**了一下，「唔……**四四一十六**，4 × 4＝16，對嗎？」

「對，就是這關係。」夏洛克說，「謎題中的16之後是37，你怎樣看？」

「16跟37也是這種關係？」

「稍有不同，你要**把1和6分別計算**喔。」

「1和6分別計算？」猩仔苦着臉說，「哎呀，太難了，看來要出**拉屎功**才能破解。可是剛才肚瀉，配額已拉得**七七八八**了，想出絕招的話要用一倍氣力啊。」

「甚麼？出絕招？算了、算了，千萬不要出拉屎功。」夏洛克慌忙制止，「**37之後是**

58，58之後就是89。即是說，**THE 89**就是謎題的提示。」

「THE 89？好奇怪的提示呢。」

「謎題上寫着『**FIND THE BOOK.**』(尋找那本書)，**THE 89**應該跟書本有關。」夏洛克說完，馬上轉身望向**身後的書櫃**。

「怎麼了？」猩仔問。

這道題只要逐步計算，就能輕易算出答案了！不想計算的話，也可以在第134頁找到答案。

「看！」夏洛克指着書櫃說，「我剛才找廁紙時，看到這麼多書放在廚房已感到奇怪，原來是為了謎題。」

「你這傢伙！**太可惡了！**」猩仔忽然大罵。

「怎麼了？」夏洛克莫名其妙。

「有這麼多書，竟然說沒有紙，你分明就是作弄我！」

「甚麼？難道叫我**撕爛書本**來當作廁紙嗎？我才不會。」

「算了，你這**書獃子**不懂變通，放過你一次吧。」猩仔說，「快給我解開謎題，讓我離開這裏吧！」

「那麼，一起來找與**THE 89**有關的書吧。」

「好！馬上找！」猩仔把書櫃從上至下，從左至右看了一遍，「**沒一本書名叫THE 89啊。**」

「**稍安毋躁**，讓我想想。」夏洛克拿下一本書，檢查過後又放回去，然後目不轉睛地盯着書櫃。

他盯着書櫃看了一會，說：「對了，要先用**排除法**，排除那些沒有**THE**的書名。」

「這本沒有，那本沒有，這本也沒有。哎呀，排除了一堆，還有很多書的書名都有**THE**啊。」猩仔打了一個**大呵欠**，「我的**眼睛快張不開來**啦。」

謎題④：請從書櫃上找出跟「THE 89」有關的書本。

「**眼睛？**」夏洛克靈光一閃，「我知道了，是這本！」說着，他取下一本名為《EYE IN THE NIGHT》的書。它雖然不太厚，但卻有點重。他看了看封面，又看了看封底，也**看不出個究竟**。

「你在**琢磨**甚麼？讓我看看吧。」猩仔一手搶過書本，沒料到書裏卻「**噼里啪啦**」地掉下一些閃亮的東西。

「哇呀！鬼呀！」猩仔登時被嚇得扔掉書本。

「哎呀，只是一些**金屬卡片**罷了。」夏洛克把它們一一撿起，「共8張，看來是撲克牌呢。」

「**撲克牌？**」猩仔連忙湊過來看，只見牌上刻着葵扇1至葵扇8的圖案。

「看！這兒不是有8個撲克牌大小的格子嗎？看來兩者有關。」夏洛克指着門旁的那排格子説。

「**真的呢！**」猩仔取過一張卡牌與格子比對了一下，「**大小果然一樣！**」

「而且，看來這還是一條**數學算式**呢。」

「是嗎？」猩仔凝神看了看，「有✕和＝這些數學符號，確實有點像**算式**。」

「不僅如此。」夏洛克指着格子上方的數字說，「**453×6**不就是**＝2718**嗎？根本就是條**乘數的算式**啊。」

「有道理！」猩仔說，「撲克牌由葵扇1至葵扇8，即是各自代表1至8，看來把這些卡牌嵌進格子裏，就可組成一條算式了。」

「沒錯，這次你的推論對了。」

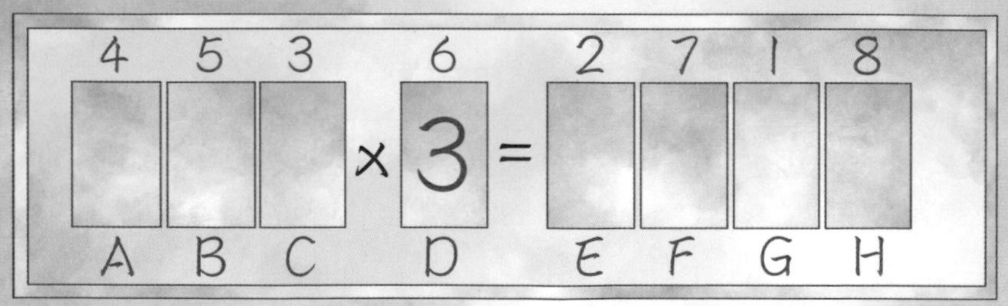

謎題⑤：請把8張卡牌放到相應的位置裏，使算式成立。

「但一共有8張卡牌，怎知道如何嵌啊？」

猩仔有點**泄氣**地說，「難道要逐張試嗎？嵌到天亮也試不出答案吧？」

夏洛克指出重點說：「你沒看到D上的方格內寫着3嗎？首先，我們要把**葵扇3**嵌進這個方格，接着以排除法就能**逐步推敲**出答案了。」

「又是排除法？」

「對，你看**EFGH**上面有**4個方格**，這代表那是個4位數。所以，A必須嵌進4或以上的卡牌，否則乘3是不能得出4位數的。」

「那麼，你手上只剩下葵扇**1、2、4、5、6、7、8**，快把正確的卡牌嵌進去吧，我想快點離開這裏呀！」猩仔催促。

「沒那麼容易啊！」夏洛

克説，「你不要吵，讓我**靜心計算**一下吧。」

「**快！快！快！**」猩仔手舞足蹈地亂跳亂叫，一個不小心「**砰**」的一下撞到書櫃上，

令書本紛紛掉到地上，揚起了一陣如**濃霧似的灰塵**。

「**吭吭吭！**」猩仔被灰塵嗆得透不過氣來，驚慌地亂叫亂跳，「哇呀！鬼呀！有鬼呀！」

「鬼呀！有鬼呀！」夏洛克也學着大叫，「共**1746隻鬼**呀！」

「甚麼？哪來這麼多鬼？」猩仔被這麼一喊，反而**清醒**了。

「哼！我只是嚇嚇你，制止你亂叫罷

了。」夏洛克沒好氣地說，「我已找到答案了，是**582 x 3 = 1746**。」

「真的？快嵌進格子試試！」

「好！」夏洛克說着，把卡牌依序放進相應位置，當嵌進最後一張葵扇6時，果然「**咔嚓**」一聲，**木門應聲而開**。

「太好了！快離開這個鬼地方吧！」猩仔**三步併作兩步**地奔上樓梯，就在這時，**兩個人影**突然閃出擋在他的前面！

「**哇！鬼呀！**」猩仔被嚇得連退幾步。

「鬼？小鬼頭！

你才是鬼！」一個**滿臉鬍子**的**男人**叫道。

「哎呀，果然有人闖了進來！」另一個**架着眼鏡的男人**也接着說。

猩仔和隨後趕至的夏洛克定神一看，發現來者並不是鬼，而是兩個中年男人。

「原來是人嗎？幾乎給你們嚇死了。」猩仔鬆了一口氣。

「哼！我們才給你嚇死呀。」眼鏡男說，「這是我們剛買下來的**古老大宅**，你們怎可擅自闖進來！」

「哎呀，**人有三急**，只是想借廁所一用罷了。」猩仔說，「但沒想到**水龍頭**自動開水，**洗衣棒**又突然轉動，木桶內的衣物都沾滿了血，就像走進了鬼屋一樣。」

「哈哈哈，那些只是我們設計的機關罷了。」眼鏡男笑道，「當有人拉動沖水繩，機關就馬上啟動，不但會令水龍頭和洗衣棒自動運行，還會為廁所門上鎖呢。那些血衣上的『血』，其實只是紅色的墨水而已。」

「果然不出所料，是機關作祟。但為何要在古老大屋內設計這些機關呢？」夏洛克問。

「哈哈哈，因為要把這間大屋改裝成鬼屋遊樂場呀。」鬍子男說，「所以，我們已四

出散播謠言，說這裏鬧鬼，為將來開業造勢。」

「哎呀，太過分啦！剛才差點把我嚇破膽啊！」猩仔不滿地說。

「哈哈哈，這證明那些機關頗有驚嚇效果呢。」眼鏡男笑道。

「這麼說來，那些灰塵滿佈的書本也是你們刻意佈置的？」夏洛克問。

「當然囉，為了營造氣氛嘛。」眼鏡男說。

「豈有此理，害我吸了那麼多——」猩仔說到這裏時忽然打住。

「怎麼了？」夏洛克感到奇怪。

「嗚——」突然，猩仔大口一張，「乞嚏」一聲打了

個大噴嚏，把兩個男人噴個正着。

「糟糕！**剛才的噴嚏好像震動了肚子！**」猩仔説罷，馬上奔回地庫。接着，一陣「**咻咻砰砰**」的巨響傳來，兩個男人和夏洛克**慌忙掩鼻而逃**。

解謎篇

謎題①

只要依夏洛克所說把符號放在鏡子面前，就會得到相應的圖案。

謎題②

故事內已經解答了。因為猩仔拉動沖水繩，所以機關馬上啟動，水龍頭和洗衣棒也因此自動運行，並鎖上廁所門。直至猩仔打開廁所門，機關才會停下來。

謎題③

只要把平方和計算下去，就能輕易得到答案。

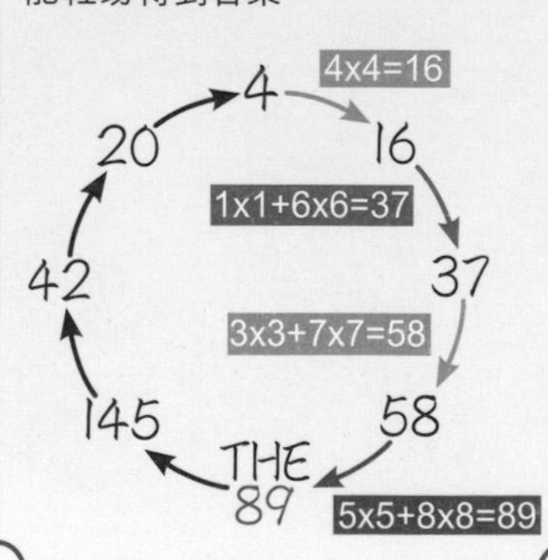

謎題④

「THE89」也可以轉換成「THE EIGHTY NINE」。將「THE EIGHTY NINE」的字重新排列過後，就能得出「EYE IN THE NIGHT」。

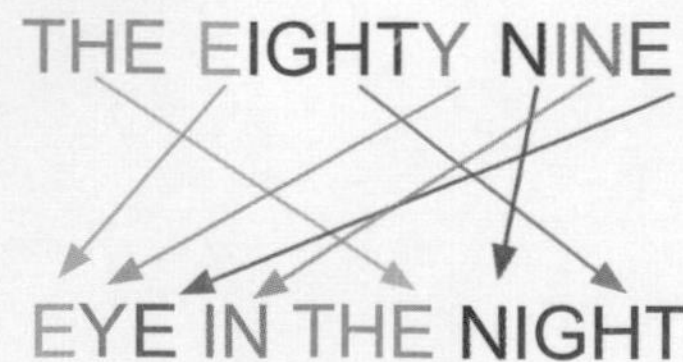

謎題⑤

正如夏洛克所說，這題是需要逐步計算的數學題，但透過排除法，我們還是可以儘量精簡需要計算的過程。

在D=3的情況下：

① 因為答案是4位數，所以A一定是4或以上。

② 因為ABC最大數值是876，而876x3=2628，所以EFGH的組合必定少於2628。

③ C不會是1，因為○○1x3=○○○3，會讓3重複出現。

④ C不會是5，因為○○5x3=○○○5，會讓5重複出現。

我們可以從A=4開始嘗試，但在A=5、D=3的情況下：

⑤ EFGH的組合必定在1500至1800之中。

⑥ 為了避免5重複出現，ABC的組合一定不會在500至533之中。

⑦ 為了避免6重複出現，ABC的組合一定不會在560至566之中。

⑧ 為了避免7重複出現，ABC的組合一定不會在570至579之中。

⑨ 排除以上組合，選擇就很少了：

542 x 3 = 1626 (不正確，因為6重複了)
546 x 3 = 1638 (不正確，因為3和6重複了)
547 x 3 = 1641 (不正確，因為1和4重複了)
548 x 3 = 1644 (不正確，因為4重複了)
567 x 3 = 1701 (不正確，因為出現了0)
568 x 3 = 1704 (不正確，因為出現了0)
582 x 3 = 1746 (正確答案)

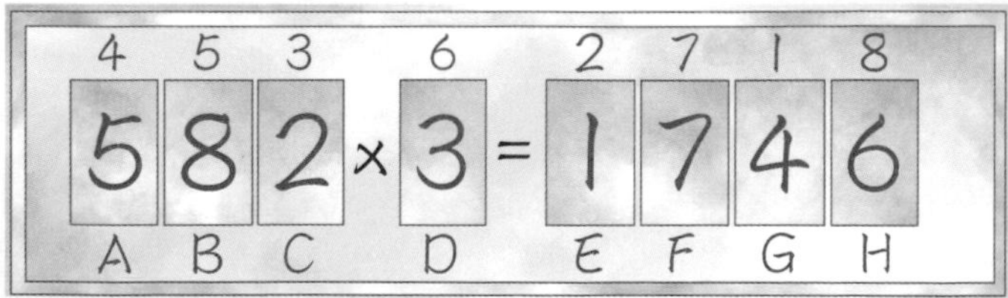

原案&監修 / 厲河　小說&繪畫 / 陳秉坤

着色 / 陳沃龍、徐國聲　封面設計 / 陳沃龍　內文設計 / 麥國龍、葉承志

編輯 / 郭天寶、蘇慧怡

出版
匯識教育有限公司
香港柴灣祥利街9號祥利工業大廈2樓A室

想看《大偵探福爾摩斯》的
最新消息或發表你的意見，
請登入以下facebook專頁網址。
www.facebook.com/great.holmes

承印
天虹印刷有限公司
香港九龍新蒲崗大有街26-28號3-4樓

發行
同德書報有限公司
九龍官塘大業街34號楊耀松（第五）工業大廈地下
電話：(852)3551 3388　傳真：(852)3551 3300

購買圖書

第一次印刷發行　2022年7月

ISBN:978-988-75650-8-6
港幣定價 HK$60
台幣定價 NT$300

發現本書缺頁或破損，
請致電25158787與本社聯絡。